FSC
www.fsc.org
MIX
Papier aus verantwortungsvollen Quellen
Paper from responsible sources
FSC® C105338

Wolfgang Schnepper

Vier Freunde wollen wir sein / We want to be four Friends

Fußballer Hans im Glück / Footballer Hans in Happiness

Zwei spannende und fesselnde Fußballerzählungen auf Deutsch und parallel in Englisch

Two exciting and captivating football stories in German and parallel in English

Wolfgang Schnepper, Jahrgang 1964, Diplomsportlehrer, Sportwissenschaftler mit Schwerpunkt Fußball
Ex-Bezirksligaspieler im Fußball,
1988-89 in der deutschen Triathlonspitze,
1990 Bayerischer Meister im Body-Building,
1998 Konditionstrainer im bezahlten Fußball,
Fußballabitur mit der Note "sehr gut",
2003 - 2006 Sportlehrer an einer Gesamtschule,
Autor und Übersetzer mit über 50 geschriebenen Büchern über Kurzgeschichten, Erzählungen und über Fußballtraining, Fußballroman, Fußballgeschichte, Sportpsychologie, Fitness und vieles mehr.

Satz und Layout: Wolfgang Schnepper
Covergrafik: © Bigstock
Verlag: BoD · Books on Demand GmbH, Überseering 33, 22297 Hamburg, bod@bod.de
Druck: Libri Plureos GmbH, Friedensallee 273, 22763 Hamburg

ISBN 978-3-8192-0744-0

Inhaltsverzeichnis

Vorwort / Preface

Hier kannst du zwei spannende Fußballgeschichten lesen und gleichzeitig englisch lernen. Die Seiten deutsch/ englisch liegen direkt nebeneinander. Die Altersempfehlung liegt hier ab 14 Jahren.

Unsere erste Geschichte handelt von vier kleinen Fußballern, einem Mädchen und drei Jungen, die gemeinsam davon träumen, einmal ein Leben als große Fußballstars verbringen zu dürfen.

Der Ort des Geschehens beginnt in der friedlichen und malerischen Stadt Passau am 9.11.1989. Es war auch der Tag als die "Mauer" fiel.

Franz, Franzi, Ron und Mike sind ihre Namen.

Ihr Leben beginnt gemeinsam, und fast gleichzeitg im Bezirkskrankenhaus Passau.

Über viele Jahre hinweg blieben diese "Vier" unzertrennliche Freunde, und schworen sich ewige Freundschaft. Doch alles sollte ganz anders kommen......

Lesen Sie selbst das traurige Ende einer einzigartigen Kinder-Freundschaft, die zum Schluss aus Verrat, Gleichgültigkeit und Hass besteht.

Vorwort / Preface

Our first story is about four little soccer players, a girl and three boys, who dream together of one day being able to spend their lives as big soccer stars.
The scene begins in the peaceful and picturesque town of Passau on November 9th, 1989. It was also the day the "Wall" fell.
Franz, Franzi, Ron and Mike are their names.
Their lives begin together, and almost at the same time, in the Passau district hospital.
For many years, these "four" remained inseparable friends and vowed eternal friendship. But everything was to turn out completely differently...
Read for yourself the sad end of a unique children's friendship, which ultimately consists of betrayal, indifference and hatred.

Vorwort / Preface

Die zweite Geschichte handelt vom Fußballer Hans im Glück, der eigentlich der beste Fußballer aller Zeiten hätte werden müssen.
Doch die Lebensgeschichte dieses jungen Mannes ist ein absolutes Paradoxon. Fußballer Hans im Glück wird vom Pech gnadenlos verfolgt, aber trotzdem bleibt er Hans im Glück, auch nachdem er als junger Mann nach einem Verkehrsunfall stirbt. Lesen Sie selbst, wie so etwas möglich ist.

Vorwort / Preface

The second story is about the footballer Hans in Happiness, who actually should have become the best footballer of all time.
But the life story of this young man is an absolute paradox. Footballer Hans im Glück is mercilessly pursued by bad luck, but he still remains Hans im Glück, even after he dies as a young man after a traffic accident. Read for yourself how something like this is possible.

Beide Geschichten sind frei erfunden. Ähnlichkeiten mit verstorbenen oder lebenden Menschen wären rein zufällig.

Both stories are fictitious. Any resemblance to living or dead persons would be purely coincidental.

Die Geburt im Bezirkskrankenhaus Passau

Unsere Geschichte beginnt in der kleinen, friedlichen und malerischen Stadt Passau, auch Dreiflüssestadt genannt. Etwa 53.000 Menschen nennen diesen Ort ihre Heimat, die an der Grenze zu Österreich sowie am Zusammenfluss von Donau, Inn und Ilz liegt.
Am 9.11.1989 wurden hier im kleinen Bezirkskrankenhaus Passau vier winzig kleine Menschen fast gleichzeitig geboren. Die Eltern dieser vier Säuglinge lebten alle oder leben vielleicht noch in der Stadt Passau.
Diese vier neuen Erdenbewohner wussten noch nichts über den "Fall der Mauer", dem Tag ihrer Geburt.
Sie wussten nichts über Montagsdemos in der DDR und Massenfluchten aus derselbigen heraus, die das DDR-Regime in die Knie zwang. Schließlich öffneten sich für die DDR-Bürger alle Grenzen, 327 Tage später, am 3. Oktober 1990 war Deutschland wiedervereinigt.
Die DDR-Bürger von damals waren nun stolze Bürger der Bundesrepublik Deutschland.
Aber all dies interessierte unsere vier Säuglinge noch nicht wirklich. Sie waren eher knatschig, hungrig oder schläfrig, vollkommen unbedarft und noch ohne jegliche Sünde.
Sie wussten noch nicht, dass sie einmal eine tiefe Freundschaft verbinden wird. Fußball ihr gemeinsames Hobby sein wird, und sie alle zu begnadeten Fußballtalenten heranwachsen werden.
Die Namen dieser vier Neugeborenen waren, bzw. sind Franz, Franzi, Ron und Mike. Drei Jungen und ein Mädchen sollten sich in einigen Jahren in einem kleinen Kindergarten in Passau

The birth in the Passau district hospital

Our story begins in the small, peaceful and picturesque town of Passau, also called the City of Three Rivers.
Around 53,000 people call this place home, which lies on the border with Austria and at the confluence of the Danube, Inn and Ilz.
On November 9, 1989, four tiny people were born almost simultaneously in the small Passau district hospital.
The parents of these four infants all lived or perhaps still live in the city of Passau.
These four new inhabitants of the earth did not yet know anything about the "fall of the wall", the day of their birth. They knew nothing about Monday demonstrations in the GDR and mass escapes from them that brought the GDR regime to its knees. Finally, all borders opened to GDR citizens, and 327 days later, on October 3, 1990, Germany was reunified.
The GDR citizens from back then were now proud citizens of the Federal Republic of Germany.
But none of this really interested our four infants. They tended to be squishy, hungry or sleepy, completely naive and still without any sin.
Little did they know that they would one day form a deep friendship. Football will be their common hobby and they will all grow up to be gifted football talents.
The names of these four newborns were, or are, Franz, Franzi, Ron and Mike. Three boys and a girl were supposed to be in a small kindergarten in Passau in a few years

wiederbegegnen.

Der Kindergarten

Und wieder kam der Zufall unseren vier Freunden zu Hilfe. Die kleinen Kinder Franz, Franzi, Mike und Ron besuchten den gleichen Kindergarten über den genau gleichen Zeitraum bis zur Einschulung. Ihr erster gemeinsamer Kindergartentag war der 31.8.1993.
Natürlich fiel den Erzieherinnen der exakt gleiche Geburtstag dieser vier Kinder auf, und setzte sie in Erstaunung, weil sie auch noch vollkommen zufällig den gleichen Kindergarten besuchten.
Dies wurde schließlich auch den Eltern beiläufig mitgeteilt, die dies belustigend und erstaunlich fanden, aber dasselbige auch genau so schnell wieder vergaßen.
Noch konnte niemand ahnen, welche innige Verbindung diese vier Kinder einmal haben würden.
Doch bleiben wir zunächst noch bei unserer Kindergarten-Geschichte.
Franz, Franzi, Mike und Ron waren noch nicht einmal vier Jahre alt. Sie hatten bis dahin schon etwas über den Fußballsport wahrgenommen, beiläufig im Fernsehen oder auf dem Spielplatz davon gesehen, aber noch keinen Gedanken daran verschwendet, einmal selbst ernsthaft diese Sportart zu trainieren. Nun, ja, verständlich, im Prinzip waren es noch Riesenbabys.
Aber dort im Kindergarten gab es draußen auf dessen umzäunten Grundstücks zwei Minitore und Fußbälle, und es gab

meet again.

The kindergarten

And again chance came to the aid of our four friends. The small children Franz, Franzi, Mike and Ron attended the same kindergarten for exactly the same period of time until they started school. Their first day of kindergarten together was August 31, 1993.

Of course, the teachers noticed that these four children had exactly the same birthday and surprised them because they also happened to attend the same kindergarten.

This was eventually casually reported to the parents, who found it amusing and astonishing, but forgot it just as quickly. Nobody could yet have imagined what a close connection these four children would one day have.

But let's stick with our kindergarten story for now.

Franz, Franzi, Mike and Ron were not even four years old. By then they had already heard something about the sport of football, had seen it casually on television or on the playground, but had not yet given any thought to seriously training this sport themselves. Well, yes, understandable, they were basically giant babies.

But there in the kindergarten there were two mini goals and soccer balls outside in its fenced area, and there were

diese "Vier".
Vom ersten Tag an wurden die Minitore und die Fübbälle von diesen vier Kindern gedanklich fixiert, im Prinzip sogar mental für ausschließlich ihre persönlichen Zwecke konfisziert.
Sie waren natürlich wesentlich jünger als die meisten anderen Kinder, manche waren schon sechs Jahre alt.
Aber ihre Besessenheit von diesem Mini-Fußball machte sie schlichtweg zu den Herrschern des Mini-Fußballplatzes. Selbstverständlich ließen sie alle anderen Kinder mitspielen, aber unsere vier Freunde spielten den Fußball mit höchster Leidenschaft. Sie wollten ein Spiel nie beenden, und keinen Tag im Kindergarten ohne Fußball verbringen.
Kurze Zeit nach ihren 4. Geburtstagen waren sie diejenigen, die die Spielregeln beim Fußball festlegten.
Es wurde einfach von den älteren Kindern akzeptiert. Sie brachten Franz, Franzi, Ron und Mike ihren Respekt entgegen, denn auch sie bemerkten deren fröhlichen Fanatismus in Bezug auf den Fußballsport. Allerdings war das wohl mehr unbewusst. Die älteren Spieler waren auch wesentlich besser als unsere vier Freunde, dies biieb bei diesem Altersunterschied nicht aus. Doch niemand spielte mit größerer Begeisterung und Spaß Fußball als unsere vier Freunde.
Desweiteren spielten sie immer in einer Mannschaft, und diese Mannschaft hieß immer FC Bayern München. Das waren zwei ihrer umumstößlichen Regeln, die alle akzeptierten. So verloren sie auch die meisten Spiele, weil immer mehr sechsjährige Kicker in der anderen Mannschaft waren.
Aber das war den vieren vollkommen egal, sie spielten, sie kämpften, verloren meistens, aber blieben immer guten Mutes. Die Kameradschaft, Verbundenheit und Freundschaft von

these “four”.
From day one, the mini goals and footballs were fixed in the mind of these four children, in principle even mentally confiscated for their own personal use only.
They were, of course, much younger than most of the other children, some as young as six.
But their obsession with this mini football simply made them the rulers of the mini football field.
Of course they let all the other children play, but our four friends played football with the utmost passion. They never wanted to finish a game and never wanted to spend a day in kindergarten without football.
Shortly after their 4th birthdays, they were the ones who set the rules for football.
It was simply accepted by the older children. They showed their respect for Franz, Franzi, Ron and Mike because they also noticed their cheerful fanaticism when it came to the sport of football. However, that was probably more unconscious. The older players were also significantly better than our four friends, which was not enough given the age difference. But no one played football with more enthusiasm and fun than our four friends.
Furthermore, they always played in one team, and that team was always called FC Bayern Munich. These were two of her unbreakable rules that everyone accepted.
They lost most of the games because there were more and more six-year-old kickers on the other team.
But that didn't matter to the four of them, they played, they fought, they usually lost, but they always remained in good spirits. The camaraderie, connection and friendship of

Franz, Franzi, Mike und Ron wuchsen langsam und stetig. Eine außergewöhnlich starke Kinderliebe entstand, deren Ausmaß allerdings niemals in das Bewusstsein der Kleinen vordrang. Aber dies ist bei Kindern vollkommen normal und wohl auch richtig.

Die vier waren von nun an unzertrennlich. Hatte einer von ihnen Geburtstag, wurden nur die anderen drei aus ihrer Clique eingeladen.

Verabredeten sie sich zum Spielen, trafen sich maximal die vier Freunde. Es gab nur eine einzige Ausnahme. Wurde sich zum Fußballspielen verabredet, waren alle kleinen Fußballer willkommen. Je größer die Mannschaften desto höher war die Spannung und der Spaß.

Allerdings kamen diese Art von Fußballspiel selten zustande, da Kinder in diesem Alter sehr stark von ihren Eltern abhängig sind. Logisch, kleine Racker müssen permanent beaufsichtigt werden.

So kamen die "großen" Fußballspiele auf dem Spielplatz nur manchmal in Bewegung.

Es vergingen die Jahre im Kindergarten, die Freundschaft von Franz, Franzi, Mike und Ron wuchs kontinuierlich.

Schließlich stand ihre Einschulung bevor.

Franz, Franzi, Mike and Ron grew slowly and steadily.
An extraordinarily strong love for children arose, the extent of which, however, never penetrated the little ones' consciousness. But this is completely normal for children and probably correct.
From then on the four of them were inseparable. If one of them had a birthday, only the other three from their clique were invited.
If they agreed to meet up to play, a maximum of four friends would meet. There was only one exception. If an appointment was made to play football, all little footballers were welcome. The bigger the teams, the more excitement and fun there was.
However, this type of football game rarely happened, as children of this age are very dependent on their parents.
Logically, little rascals need to be constantly supervised.
So the “big” football games on the playground only occasionally moved.
As the years passed in kindergarten, the friendship between Franz, Franzi, Mike and Ron continued to grow.
After all, she was about to start school.

Die Grundschulzeit

Franz, Franzi, Mike und Ron wurden gleichzeitig am 3.9.1996 in Passau eingeschult. Ihre Eltern sorgten dafür, dass alle in dieselbe Grundschule und Klasse kamen. Hier fühlten die Kinder sich wohl, und ihre Freundschaft konnte ungehindert fortbestehen.

Ihre schulischen Leistungen waren gut, unsere vier Freunde lebten vollkommen unbekümmert in einer geschützten Kindheit, und träumten von einer perfekten Fußballkarriere.

Noch kannten sie nichts Böses (oder fast nichts), und ihre Freundschaft ging über alles.

Einmal spielten Franz, Franzi, Mike und Ron zusammen im Garten der Eltern Franzis (ausnahmsweise kein Fußball). Es war ein riesiger Garten, dessen Zentrum aus einem Rasen bestand. Nun, ja, sagen wir, es war einmal ein gepflegter Rasen, der durch die vielen Trainingseinheiten unserer vier Fußballer so langsam in einen "Acker " verwandelt worden ist.

Die Eltern Franzis waren nicht besonders materiell. Sie sagten sich, wenn die Kinder größer sind, wird der Rasen eben erneuert, vielleicht durch einen Rollrasen.

Dieser ehemalige Rasen mit seinem Restbestand war allerdings von Kostbarkeiten umrandet.

Zur Blütezeit blühten hier seltene und edle Blumen wie die Japanische Vogelblume (schauen Sie sich einmal Bilder dieser wunderschöne Blume im Internet an), verschiedene Ehrenpreisarten, die veredelsten Rosenarten, Tulpenblumen, Krokus, Hyazinthe, Narzissen, Schneeglanz, Alpenveilchen, Winterling, Schneeglöckchen und vieles mehr.

The primary school period

Franz, Franzi, Mike and Ron started school at the same time in Passau on September 3rd, 1996. Her parents made sure that everyone went to the same elementary school and class. The children felt comfortable here and their friendship could continue unhindered.
Their school performance was good, our four friends lived completely carefree in a protected childhood and dreamed of a perfect football career.
They still knew no evil (or almost nothing), and their friendship was above all else.
Once Franz, Franzi, Mike and Ron were playing together in Franzi's parents' garden (no football for once). It was a huge garden, the center of which was a lawn. Well, yes, let's say there was once a well-kept lawn that has slowly been transformed into a "field" through the many training sessions of our four football players.
Franzi's parents were not particularly material. They said to themselves that when the children were older, the lawn would be replaced, perhaps with turf.
However, this former lawn with its remains was surrounded by valuables.
During the flowering period, rare and noble flowers such as the Japanese birdflower (take a look at pictures of this beautiful flower on the Internet), various types of speedwell, the most refined types of roses, tulip flowers, crocus, hyacinth, daffodils, snow shine, cyclamen, winter aconite, snowdrops and much more bloomed here more.

Doch die Obstbäume, die den hinteren Teil des riesigen Gartens einnahmen, waren für unsere vier Freunde viel interessanter. Er nahm etwa eine Fläche von 0,2 Hektar ein, und diente den Kindern zum Verstecken spielen, Klettern und vieles mehr. Im Sommer und Herbst kosteten sie nicht zu knapp die süßen Früchte und energiereichen Nüsse des liebevoll angelegten Obstgartens.
Der Obstbaumbestand war ebenfalls edel und vielfältig. Hier gab es, und gibt es vielleicht noch, Apfel Rosette, Erdbeerbaum, Petersbirne, Honigbirne, Baumhasel, Kastanie, Walnuss, Pfirsich, Kirsche, Pflaume und Sauerkirsche.
In diesem riesigen Garten wohnte Franzi mit ihren zwei Brüdern, die kein Fußball sondern Musikinstrumente spielten, und ihren Eltern in einem großen, prunkvoll ausgestattetem Landhaus.
Trotz der materiellen Überlegenheit Franzis gegenüber ihren drei Freunden war sie natürlich, ehrlich, freundlich und auch großzügig wie ihre Eltern und ihre beiden Brüder.
Die sollte sich aber eines Tages ändern. Aber natürlich werde ich der Geschichte nicht vorweggreifen.

Der vorhin erwähnte Tag des Spielens in "Franzis Garten" neigte sich gegen den Willen unserer vier Freunde dem Ende zu. Es war früher Abend und bald müssten Franz, Mike und Ron mit ihren Fahrrädern nach Hause radeln.
Doch sie hatten da noch ein kleine Idee, um diesen schönen Sommertag einen edlen Ausklang zu geben. Hierfür brauchten sie ein kleines Lagerfeuer, und für eine kurze Zeit die Verwandlung in mutige Krieger aus dem Stamm der Apachen.
Richtig, der Tag ihrer Blutsbrüderschaft, bzw Blutsschwester-

But the fruit trees that occupied the back part of the huge garden were much more interesting to our four friends. It covered an area of approximately 0.2 hectares and was used by children to play hide-and-seek, climb and much more. In summer and autumn they enjoyed the sweet fruits and energy-rich nuts of the lovingly landscaped orchard.
The fruit trees were also noble and diverse. Here there were, and perhaps still are, apple rosettes, strawberry trees, St Peter's pears, honey pears, hazel trees, chestnuts, walnuts, peaches, cherries, plums and sour cherries.
In this huge garden, Franzi lived with her two brothers, who did not play football but rather musical instruments, and her parents in a large, sumptuously furnished country house.
Despite Franzi's material superiority over her three friends, she was natural, honest, friendly and generous, like her parents and her two brothers.
But that should change one day. But of course I won't anticipate the story.

The aforementioned day of playing in "Franzi's Garden" was coming to an end against the wishes of our four friends. It was early evening and soon Franz, Mike and Ron would have to cycle home on their bikes.
But they had a little idea to give this beautiful summer day a noble end. For this they needed a small campfire and, for a short time, the transformation into brave warriors from the Apache tribe.
That's right, the day of their blood brotherhood, or blood sister-

schaft war gekommen.
Franzis Papa kam der Bitte nach, und schnell war ein kleines Lagerfeuer hergerichtet. Unsere vier Krieger saßen nun am Lagerfeuer und fühlten sich unbeobachtet, aber Franzis Vater stand in der Villa an einem Fenster und fixierte vorsoglich das Geschehen. Er wolllte natürlich seine Aufsichtspflicht bei einem kleinen Feuerchen nicht verletzen.
Die Kinder konnten ihn nicht sehen, da die Sonne auf dieses Fenster schien (ein Teil der Strahlung wird hier immer reflektiert und das Glas des Fensters wirkt aus einiger Entfernung dann immer wie ein Spiegel).
Dort saßen sie nun, versorgt mit Stockbrot und Brause durch Franzis Mama, am Lagerfeuer. Die Helligkeit des frühen Sommerabends störte sie dabei nicht. Die Brause diente als "Feuerwasserersatz", das Stockbrot als Friedenspfeife.

Franzi: " Wir wollen hier am Lagerfeuer einen Schwur leisten und Blutsbrüder werden wie Winnetou und Old Shatterhand."

Franz: "Dann müssen wir uns ja den Unterarm aufritzen, habt ihr ein Messer."
Er wollte hier ein bisschen aufschneiden, und besonders mutig tun, aber ich glaube keiner von Ihnen hätte sich geritzt.

Mike: "Lasst uns doch schwören bei unserer Blutsbrüderschaft, dass wir auf ewig vier Freunde bleiben."

Ron: "Ja, vier Freunde wollen wir sein."

hood had come.
Franzi's dad complied with the request and a small campfire was quickly set up. Our four warriors were now sitting around the campfire and felt unobserved, but Franzi's father was standing at a window in the villa and watching what was happening as a precaution. Of course he didn't want to violate his duty of supervision over a small fire.
The children couldn't see it because the sun was shining on this window (some of the radiation is always reflected here and the glass of the window always looks like a mirror from a distance).
There they sat around the campfire, supplied with stick bread and soda by Franzi's mother. The brightness of the early summer evening didn't bother her. The shower served as a “substitute for fire water” and the stick bread served as a peace pipe.

Franzi: "We want to make an oath here at the campfire and become blood brothers like Winnetou and Old Shatterhand."

Franz: "Then we'll have to cut our forearms, do you have a knife?"
He wanted to cut a little bit here and be particularly brave, but I don't think he would have cut himself.

Mike: "Let us swear by our blood brotherhood that we will remain four friends forever."

Ron: "Yes, we want to be four friends."

So riefen sie gleichzeitig noch einmal: "Vier Freunde wollen wir sein."

So waren sie nun Blutsbrüder und Blutsschwester. Ebenfalls waren sie davon überzeugt, dass sie auf ewig Freunde bleiben werden, und der eine sich immer auf den anderen verlassen kann. Einer für alle, und alle für einen.

So they shouted again at the same time: "We want to be four friends."

So they were now blood brothers and sisters. They were also convinced that they would remain friends forever and that one could always rely on the other. One for all, and all for one.

Vier Spielerpersönlichkeiten entwickeln sich

Im Laufe der Grundschule entwickelten sich aus Franz, Franzi, Mike und Ron begnadete Fußballtalente mit unterschiedlichen Stärken und Persönlichkeiten.
Franzi war der Sechser schlechthin. Sie agierte am besten als defensiver und zentraler Mittelfeldspieler direkt vor der Abwehr. Sie spielte auf Sicherheit, und fand fast immer das richtige Anspiel. Sie vermied meisten Zweikämpfe, liebte das direkte Spiel und konnte ein Spiel "lesen". Sie spielte kräfteschonend und mit hoher Spielintelligenz.
Ihr Kindertrainer verglich sie manchmal mit Günter Netzer.

Franz war der Techniker schlechthin, und der beste Innenverteidiger, den man sich vorstellen konnte. Seine Technik entwickelte sich immer weiter. Auch die Rolle eines Spielmachers nahm er im Spiel des öfteren ein.
Ab der B-Jugend konnte halbhoch geflankte Bälle mit Leichtigkeit verwandeln, auch wenn er diese Bälle außerhalb des Sechzehners genau zugespielt bekam.
Aber er war relativ lauffaul, und manchmal mangelte es auch an Ehrgeiz.

Mike war der geborene Stürmer. Er spielte und schoss beidfüßig, auf den ersten 10 bis 20 Metern war seine Beschleunigung allen anderen Spielern überlegen. Er spielte aggressiv, und suchte immer den Torabschluss.

Ron war der Läufer und Kämpfer, im Zweikampf nicht zu schlagen und gab nie einen Ball verloren. Er war nicht der

Four player personalities develop

Over the course of elementary school, Franz, Franzi, Mike and Ron developed into gifted football talents with different strengths and personalities.
Franzi was the ultimate six. She performed best as a defensive and central midfielder directly in front of the defense. She played safety and almost always found the right pass. She avoided most duels, loved direct play and could “read” a game. She played with energy and with a high level of intelligence.
Her children's coach sometimes compared her to Günter Netzer.

Franz was the ultimate technician and the best central defender you could imagine. His technique continued to develop. He also often took on the role of a playmaker in the game.
From the B youth level onwards, he was able to convert balls that were crossed from mid-high with ease, even if he received these balls accurately from outside the box.
But he was relatively lazy and sometimes lacked ambition.

Mike was a born striker. He played and shot with both feet, and in the first 10 to 20 meters his acceleration was superior to all other players. He played aggressively and was always looking to finish on goal.

Ron was the runner and fighter, unbeatable in a duel and never gave up a ball. He wasn't that one

große Techniker. Niemand traute ihm eine Profi-Karriere zu. Ein fataler Irrtum, wie sich bald herausstellen sollte.

So spielten sie nun bis einschließlich der E-Jugend zusammen in einer Mannschaft des 1. FC Passau, und waren mit ihrer Mannschaft praktisch unschlagbar. Schon bald wurden große Vereine auf sie aufmerksam.
Unsere vier Freunde erlebten die schönste Kindheit und größte Freundschaft, die solche jungen Leben maximal erwarten konnten.
Keiner von ihnen zweifelte daran, dass ihre Freundschaft einmal zerbrechen könnte.
Doch da kam die weiterführende Schule und die Pubertät.

great technicians. Nobody believed he could have a professional career.
A fatal mistake, as it soon became clear.

So they now played together in a 1. FC Passau team up to and including the E-Youth, and their team was practically unbeatable. Large clubs soon became aware of her.
Our four friends experienced the best childhood and greatest friendship that such young lives could possibly hope for.
Neither of them doubted that their friendship could one day fall apart.
But then came secondary school and puberty.

Die Pubertät und berufliche Entwicklung

Die vier Freunde beendeten die Grundschule erfolgreich, und wechslten alle auf ein Gymnasium in Passau. Wiederum befanden sich alle vier in derselben Klasse. Allerdings begann nun im Laufe der Jahre, ihre Freundschaft zu bröckeln.
Ihre schulischen Leistungen waren im oberen Drittel anzusiedeln, allerdings entwickelte sich nun ihr Ehrgeiz in Bezug auf den Fußballsport sehr unterschiedlich. Damit wurde natürlich auch der Wunsch nach einem bestimmten Berufsfeld immer mehr gefestigt (zu diesem Thema gleich mehr).
Der gemeinsame Zeitvertreib nahm bis zur Oberstufe kontinuierlich ab.
Franzi entwickelte auch niemals Gefühle in Bezug auf eine Partnerschaft mit Franz, Mike oder Ron, umgekehrt war dies auch nicht der Fall. Sie waren einfach Freunde, Kumpels und Fußballkollegen.
Die Jungens konnten die Schönheit von Franzi nicht von ihrer natürlichen Seite sehen. Dafür kannten sie sich zu lange. Sie sahen nicht die schöne athletische Figur von Franzi, ihr langes dunkles Haar oder ihre schönen grünen Augen. Sie sahen sie nicht als Frau, sondern als einen Freund.
Diese vier waren nun die großen Fußballstars der Stadt Passau.
Bis zur Oberstufe verbrachten sie viel Zeit miteinander, und besuchten ab dem 15. Lebensjahr auch so manche Party zusammen.
Doch legten Franzi und Franz ihren Gedanken an eine Fußballkarriere schnell ab. Sie wollten ihr Geld doch etwas leichter verdienen. Das sollte ihnen auch gelingen.

Puberty and professional development

The four friends successfully completed primary school and all transferred to a high school in Passau. Again, all four were in the same class. However, as the years went by, their friendship began to crumble.
Her school performance was in the top third, but her ambition with regard to football developed very differently. Of course, this also strengthened the desire for a specific professional field (more on this topic in a moment).
The amount of time spent together continued to decline until high school.
Franzi never developed feelings about a partnership with Franz, Mike or Ron, and the reverse was not the case either. They were just friends, buddies and football colleagues.
The boys couldn't take Franzi's beauty away from hers
see the natural side. They had known each other too long for that. They didn't see Franzi's beautiful athletic figure, her long dark hair or her beautiful green eyes. They didn't see her as a woman, but as a friend.
These four were now the big football stars of the city of Passau.
They spent a lot of time together until high school, and from the age of 15 they also attended many a party together.
But Franzi and Franz quickly gave up their thoughts about a football career. They wanted to earn their money a little easier. They should be able to do that too.

Franzi entwickelte sich zu einer eiskalten Persönlichkeit.
Im Frauen-Fußball sah sie keine Möglickeit enorm reich zu werden. Nach dem Abitur sudierte sie in Holland Sprachwissenschaften. Hier lernte sie einen Multi-Millionär kennen, den sie im Jahr 2009 heiratete. Ihren Studiengang beendete sie noch erfolgreich. Allerdings arbeitet sie bis heute nicht in diesem Berufszweig. Nach ihrem Studiengang wurde sie Schiedsrichterin im Fußball. Franzi absolvierte hier viele Lehrgänge, und wurde zu einer exzellenten Schiedsrichterin, die schon bald Fußballspiele im Profi-Bereich pfiff.
Kinder sollten aus ihrer Ehe nicht hervorgehen.

Franz war ein begnadeter Fußballer, aber auch etwas bequem. Er lernte ab der Oberstufe lieber, und wollte Ingenieur werden. Fußball blieb nur noch ein Hobby für ihn, allerdings blieb er dem 1.FC Passau immer treu. Hier war er für viele Jahre der beste Spieler des Vereins.
Im Jahr 2005 schloss er den Studiengang Informatik in Passau erfolgreich ab.
Danach bekam er einen gut bezahlten Arbeitsplatz in München.
2007 heiratete er seine Maike. Vier Kinder sollten aus dieser Ehe hervorgehen. Als Franz den Arbeitsplatz in München annahm, sollte er niemals wieder seine Fußballschuhe anziehen. Wie Franzi verlor auch er jeglichen Kontakt zu seinen ehemaligen drei besten Freunden.

Franzi developed into an ice-cold personality.
She saw no opportunity to become enormously rich in women's football. After graduating from high school, she studied linguistics in Holland. Here she met a multi-millionaire, whom she married in 2009. She successfully completed her course of study. However, she still does not work in this profession to this day. After completing her studies, she became a football referee. Franzi completed many courses here and became an excellent referee who was soon officiating professional football games.
Children should not be born from their marriage.

Franz was a gifted footballer, but also a bit comfortable. He preferred studying from high school onwards and wanted to become an engineer. Football remained just a hobby for him, but he always remained loyal to 1.FC Passau. Here he was the club's best player for many years.
In 2005 he successfully completed the computer science course in Passau.
He then got a well-paying job in Munich.
In 2007 he married his Maike. Four children were to be born from this marriage. When Franz accepted the job in Munich, he was never told to put on his football boots again.
Like Franzi, he also lost all contact with his former three best friends.

Doch beschreiben wir nun unsere zwei "Spezies".
Mike strebte ein Profi-Karriere im Fußball an. Er hatte alle Fähigkeiten dazu, war aber vom Pech verfolgt. So spielte er viele Jahre lediglich in der Regionalliga von Bayern.
Sein Verdienst hielt sich in Grenzen. Morgens arbeitete er bis mittags als Bankangestellter. Abends stand er auf dem Fußballplatz, bis zu fünfmal pro Woche trainerte er mit seinem Team. Seit dem Jahr 2020 arbeitet Mike ganztags als Bankangestellter. Dies war gleichzeitig auch des Ende seiner aktiven Spielzeit.
Mike ist bis heute unverheiratet.

Ron wollte als junger Mann immer noch Profi-Fußballer werden. Er hatte am wenigsten das große Talent. Aber er arbeitete extrem an seinen Fähigkeiten als Manndecker und defensiver Mittelfeldspieler. Er entwickelte faire Härte im Zweikampf, enorme Schnelligkeit und großen Kampfgeist. Niemand hatte es ihm zugetraut, aber er wurde Profi-Fußballer 2010 beim FC Bayern München.
Im Jahr 2012 musste Ron seine Fußballkarriere beenden. Ein brutales Faul eines Gegenspielers war Schuld daran, aber dazu gleich mehr.
Auch Ron ist bis heute unverheiratet.
Mike und Ron verloren ebenfalls nach der Oberstufe komplett den Kontakt zueinander, zu Franz und Franzi brach die Verbindung zur gleichen Zeit ab.

Doch kommen wir nun zum großen Finale einer in Kinderjahren bestehenden Freundschaft, die in dieser Zeit von einer unbeschreiblichen Größe und Intensität war.

But let us now describe our two "species".
Mike wanted to pursue a professional football career. He had all the skills to do it, but was unlucky. For many years he only played in the Bavarian regional league. His earnings were limited. He worked as a bank teller in the morning until midday. In the evenings he was on the soccer field and trained with his team up to five times a week. Since 2020, Mike has been working full-time as a bank teller. This was also the end of his active playing time.
Mike is still unmarried to this day.

Ron still wanted to be a professional footballer as a young man. He had the least great talent. But he worked extremely hard on his skills as a man-marker and defensive midfielder. He developed fair toughness in duels, enormous speed and great fighting spirit.
Nobody expected him to do it, but he became a professional footballer for FC Bayern Munich in 2010.
In 2012, Ron had to end his football career. A brutal foul on the part of an opponent was to blame, but more on that in a moment.
Ron is also still unmarried to this day.
Mike and Ron also completely lost contact with each other after high school, and their connection with Franz and Franzi broke off at the same time.

But now we come to the grand finale of a childhood friendship that was of an indescribable size and intensity at that time.

Das Finale

Es kam so wie es kommen musste. Unsere vier Freunde trafen noch einmal zusammen, auf eine Art und Weise, die sie niemals vermutet hätten.
Der FC Bayern München traf am 13.9.2012 in der ersten Hauptrunde des DFB-Pokals auf einen Regionalliga-Verein aus Bayern. Dieser Verein besaß den besten Stürmer aus allen Regionalligen Deutschlands. Erraten, seine Name war Mike, unser Mike.
Als Schiedsrichter für dieses Spiel wurde ausgerechnet Franzi erwählt.
Aber das war noch nicht alles, im VIP-Bereich der Zuschauer sollte Franz mit seiner Frau dieses Spiel live verfolgen.
Nun waren sie alle beisammen, unsere vier Freunde.

Der Rest der Geschichte ist schnell erzählt, und wird von einer unglaublichen Dramatik begleitet.
Als die Mannschaften und die Schiedsrichter das Spielfeld betraten, grüßte Franzi ihre alten Freunde nicht. Sie würdigte deren Anwesenheit nicht mal einen Blick oder ein Lächeln.
Schnell bemerkten Mike und Ron die Kaltherzigkeit ihres einstigen Freundes, und ignorierten wiederum Franzi.
Ja, Franzi war nun etwas besseres, sie befand sich nun in der absoluten Finanzelite und galt als beste Schiedsrichterin Deutschlands. Ihre alte Gutmütigkeit, Hilfsbereitschaft und Empathie war verflogen.
Für Mike wiederum war Ron nur noch ein Feind, ein Rivale.
Wie konnte Ron es nur wagen, in einer höheren Liga als er zu selbst zu spielen.

The finale

It happened the way it had to. Our four friends came together once again in a way they never imagined.
On September 13, 2012, FC Bayern Munich met a regional league club from Bavaria in the first main round of the DFB Cup. This club had the best striker from all of Germany's regional leagues. Guess his name was Mike, our Mike.
Franzi, of all people, was chosen as the referee for this game.
But that wasn't all, Franz and his wife were supposed to watch this game live in the VIP spectator area.
Now they were all together, our four friends.

The rest of the story is told quickly and is accompanied by incredible drama.
When the teams and referees entered the field, Franzi didn't greet her old friends. She didn't even acknowledge their presence with a glance or a smile.
Mike and Ron quickly noticed the cold-heartedness of their former friend and ignored Franzi again.
Yes, Franzi was now something better, she was now in the absolute financial elite and was considered the best referee in Germany. Her old good nature, helpfulness and empathy were gone.
For Mike, Ron was just an enemy, a rival.
How dare Ron play in a league higher than himself.

Diese Feindseeligkeit spürte Ron wiederum, und ignorierte Mike seinerseits.

Exkurs: Mike war durchaus der bessere Fußballer, das stimmte. Es ist viel schwieriger Tore zu erzielen, als zu verhindern. Gute Stürmer sind selten, gute Defensivspieler gibt es wie "Sand am Meer".
Mike hatte einfach Pech, dass er keine Angebote aus der Bundesliga bekam. Ron hatte dagegen unglaubliches Glück, dass er als Defensivspieler ein Angebot für die Bundesliga erhielt, dazu auch noch ausgerechnet vom FC Bayern München. Allerdings Hass und Neid von Mike gegenüber Ron ist natürlich "krank".
Das Spiel begann und bekam direkt einen rasanten Verlauf. In der 3. Spielminute erzielte Mike die 1:0 Führung für seine Mannschaft, den Außenseiter.
Ron sein direkter Gegenspieler hatte einen Moment nicht aufgepasst, wurde 20 Meter vor dem Tor von Mike "getunnelt", der dann eiskalt aus 14 Metern Entfernung mit einem knallharten Schuss das erste Tor in dieser Partie erzielte. Kurzzeitig träumte er wieder von der ersten Bundesliga, er der große Torjäger des FC Bayern München, bald einberufen in die Nationalmannschaft als Bomber der Nation.
Aber alles kam anders. Ron zeigte nun seine wahre Abwehrqualität, und Mike bekam keinen Stich mehr. Der FC Bayern München dominierte das Spiel, und führte in der 80. Minute bereits 4:1. Ron zeigte Mike die Grenzen auf, warum er niemals in der 1. Bundesliga als Stürmer spielen wird.
Mike hätte es als defensiver Spieler sicherlich geschafft, aber er wollte zu hoch hinaus.

Ron sensed this hostility and ignored Mike.

Excursus: Mike was definitely the better footballer, that was true. It is much more difficult to score goals than to prevent them.
Good strikers are rare, good defensive players are a dime a dozen.
Mike was just unlucky that he didn't get any offers from the Bundesliga. Ron, on the other hand, was incredibly lucky that he received an offer for the Bundesliga as a defensive player, and from FC Bayern Munich of all places. However, Mike's hatred and envy towards Ron is of course "sick".
The game started and immediately got fast-paced. In the 3rd minute of the game, Mike gave his team, the underdogs, a 1-0 lead.
Ron, his direct opponent, wasn't paying attention for a moment and was "tunneled" 20 meters in front of the goal by Mike, who then scored the first goal of the game with a hard-hitting shot from 14 meters away.
For a short time he dreamed of the first Bundesliga again, he was the great goalscorer for FC Bayern Munich, and was soon called up to the national team as the nation's bomber.
But everything turned out differently. Ron now showed his true defensive skills and Mike was no longer bitten. FC Bayern Munich dominated the game and was already leading 4-1 in the 80th minute. Ron showed Mike the limits of why he will never play as a striker in the 1st Bundesliga.
Mike certainly could have made it as a defensive player, but he was aiming too high.

Nun wurde der Hass gegenüber Ron zu einer unglaublichen Größe. Gerade hatte er den Ball wieder an Ron verloren, und Mike lief fürchterlich wütend hinter Ron her. Nahe genug an ihn herangekommen, setzte er von hinten zur fürchterlichsten Blutgrätsche an, die man wohl je gesehen hat.
Das war das erwähnte Foul, das die Karriere von Ron so abrupt beendete (Waden- und Schienenbeinbruch mit komplizierter Sprunggelenksverletzung).
Mike bekam sofort die Rote Karte von Franzi, und Ron wurde mit einer Liege vom Platz getragen.
Franz murmelte im VIP-Bereich des Stadions vor sich hin:
" Vier Freunde wollen wir sein."
Maike: "Hast du etwas gesagt, Franz".
Franz: "Ich musste nur an etwas unbedeutendes aus der Kindheit denken."

Now the hatred towards Ron became unbelievable. He had just lost the ball to Ron again, and Mike was running after Ron, terribly angry. When he got close enough to him, he started the most terrible blood attack from behind that you have probably ever seen.
That was the aforementioned foul that ended Ron's career so abruptly (broken fibula and tibia with complicated ankle injury).
Mike immediately received a red card from Franzi and Ron was carried off the pitch on a stretcher.
Franz muttered to himself in the VIP area of the stadium: "We want to be four friends."
Maike: “Did you say something, Franz?”
Franz: "I just had to think about something insignificant from my childhood."

Fußballer Hans im Glück

Fußballer Hans im Glück wurde am 31.5.1991 in Dresden geboren. Er hatte das Glück, dass er nach der Wende als freier Mensch in der Hauptstadt des Bundeslandes Sachsens geboren wurde. Im weiteren Verlauf sprechen wir den Fußballer Hans im Glück mit seinem richtigen Namen "Hans" an.
Er hatte das Glück, dass er wohlbehütet seine Kindheit in Dresden abschließen konnte. Daran beteiligt war die perfekte und liebevolle Erziehung seiner Eltern, die nicht nur Hans genoss, sondern auch seine drei Geschwister.
Seine Geschwister spielen in dieser Geschichte keine Rolle, und werden deshalb nicht mehr erwähnt.
Hans entwickelte ähnlich wie seine Eltern ein liebevolles und gutmütiges Auftreten. Aber eines unterschied ihn von seiner ganzen Familie, er spielte Fußball mit einer schon erschreckenden Leidenschaft.
So kam es, dass er im Alter von nur 18 Jahren zum ersten Mal beim Dynamo Dresden in der ersten Mannschaft auflief. Zu diesem Zeitpunkt spielte der Verein in der 3. Bundesliga.
Die Mannschaft gewann das Heimspiel gegen den Favoriten mit 6:0. Alle Tore erzielte Hans. Sofort wurden alle großen Vereine in Deutschland auf diesen Ausnahmespieler aufmerksam. Beim nächsten Auswärtsspiel gewann Dynamo Dresden 6:1, vier Treffer davon schoss Hans.
Nun flatterten die Angebote der Bundesligavereine nur so in den Briefkasten von Hans.
Das beste Angebot machte ihm der Hamburger SV, nachdem er dort ein Probetraining absolviert hatte.

Footballer Hans in Happiness

Footballer Hans im Glück was born on May 31, 1991 in Dresden. He was lucky to be born as a free person in the capital of the state of Saxony after the fall of the Berlin Wall. In the rest of the story, we will address footballer Hans im Glück by his real name "Hans".
He was lucky to be able to complete his childhood in Dresden in a sheltered environment. This was due to the perfect and loving upbringing of his parents, which not only Hans enjoyed, but also his three siblings.
His siblings play no role in this story and are therefore not mentioned again.
Like his parents, Hans developed a loving and good-natured demeanor. But one thing set him apart from his entire family: he played football with a frightening passion.
So it was that at the age of just 18, he played for the first team at Dynamo Dresden. At that time, the club was playing in the 3rd Bundesliga.
The team won the home game against the favorites 6-0. Hans scored all of the goals. All the big clubs in Germany immediately took notice of this exceptional player. In the next away game, Dynamo Dresden won 6:1, with Hans scoring four goals.
Now offers from Bundesliga clubs started pouring into Hans's mailbox.
The best offer came from Hamburger SV after he had completed a trial training session there.

Doch beschreiben wir einmal die einzigartigen und kombinierten fußballerischen Fähigkeiten von Hans.
Als erstes betrachten wir die Schussgenauigkeit, Schusskraft und Schussgeschwindigkeit der fünf besten Fußballer der Welt in Bezug auf diese Aspekte.

Auf dem fünften Platz liegt hier David Beckham mit 156,6 km/h. Aber besondere Aufmerksamkeit erweckte dieser Ausnahmespieler wegen seiner präzisen Bogenflanken und perfekt und gefühlvoll getretenen Freistüößen.

Auf dem vierten Platz folgt David Trezeguet mit 156,8 km/h. Der französische Stürmer David Trezeguet gehörte zu den besten Stürmern seiner Generation und erzielte 10 Jahre lang für Juventus Turin Tore.
Den Treffer mit der höchsten Geschwindigkeit erzielte er allerdings für den AS Monaco im Champions League Spiel gegen Manchester United im Jahr 1998.
Mit 156,8 km/h hämmerte Trezeguet den Ball ins Tor der Red Devils. Das ist bis heute (Stand Februar 2020) der härteste Treffer der Champions League Geschichte

Den dritten Platz nimmt David Hirst mit 182,4 km/h ein.
Er ist ein ehemaliger Fußballer, der überwiegend für Sheffield Wednesday in der Premier League auf Torejagd ging.

But let's describe Hans' unique and combined football skills.

First, let's look at the shooting accuracy, shooting power and shooting speed of the five best footballers in the world in terms of these aspects.

In fifth place is David Beckham with 156.6 km/h. But this exceptional player attracted particular attention for his precise arcing crosses and perfectly and delicately taken free kicks.

In fourth place is David Trezeguet with 156.8 km/h.
The French striker David Trezeguet was one of the best strikers of his generation and scored goals for Juventus Turin for 10 years.
The goal with the highest speed, however, he scored for AS Monaco in the Champions League match against Manchester United in 1998.
Trezeguet hammered the ball into the Red Devils' goal at 156.8 km/h. To date (as of February 2020), this is the hardest goal in Champions League history

Third place goes to David Hirst with 182.4 km/h.
He is a former footballer who mainly scored goals for Sheffield Wednesday in the Premier League.

Auf Platz 2 kommt Arjen Robben unter Vorbehalt mit 190 km/h.
Dass Arjen Robben einen der härtesten Schüsse im Fußball hat, ist weltweit bekannt. Er läuft oft von rechts nach innen, um dann mit links auf das Tor zu schießen.
Obwohl diese Strategie mittlerweile bekannt ist, ist diese trotzdem schlecht abzublocken, weil Robben auch noch extrem schnell ist und Robben immer wieder zum Abschluss kommt. Seinen härtesten Treffer erzielte Robben allerdings nur durch Volleyabnahme im Trikot von Real Madrid gegen Borussia Dortmund.
Bei Volleyabnahmen ist eine wesentlich höhere Geschwindigkeit des Balles aus physikalischen Gründen möglich. Natürlich gehen wir hier auf die spezielle Physik nicht weiter ein, weil sie für unser Thema unwichtig ist.
Weiterhin ist es nicht hundertprozentig bewiesen, ob der Ball wirklich mit 190 km/h ins Tor einschlug.

Auf Platz 1 liegt Ronny mit 210,9 km/h.
Sechs Jahre erzielte Ronny, der jüngere Bruder von Gladbachs Spielmacher Raffael, für Hertha BSC die Tore.
Seinen berühmtesten Treffer schoss für Sporting Lissabon.
Dabei donnerte er in der 88. Minute einen Freistoß zum 1:0 Siegtreffer ins gegnerische Tor. Die hierbei gemessene Geschwindigkeit betrug unglaublichen 210,9 km/h!
Einen Schuss über 200 km/h hätte niemand für möglich gehalten. Darum wurden technische Untersuchungen durchgeführt, um zu prüfen, ob solch eine hohe Geschwindigkeit überhaupt möglich ist.

Arjen Robben comes in second place with a tentative speed of 190 km/h.
It is known worldwide that Arjen Robben has one of the hardest shots in football. He often runs from the right to the inside and then shoots at the goal with his left.
Although this strategy is now well known, it is still difficult to block because Robben is also extremely fast and always manages to score. However, Robben only scored his hardest goal by volleying in his Real Madrid jersey against Borussia Dortmund.
For physical reasons, the ball can be much faster when volleying. Of course, we will not go into the specific physics here because it is not important for our topic.
It is also not 100% proven whether the ball really hit the goal at 190 km/h.

Ronny is in first place with 210.9 km/h.
Ronny, the younger brother of Gladbach's playmaker Raffael, scored goals for Hertha BSC for six years.
His most famous goal was scored for Sporting Lisbon. In the 88th minute, he thundered a free kick into the opponent's goal to make it 1-0. The speed measured was an incredible 210.9 km/h! Nobody would have thought a shot over 200 km/h was possible. That's why technical tests were carried out to check whether such a high speed was even possible.

Professor José Soares von der Sportfakultät der Universität in Porto überprüfte das und kam zu einem eindeutigen Ergebnis, dass bei einer optimalen Technik diese Geschwindigkeit möglich ist.

Jetzt haben wir einen Vergleich, und beschreiben die Schussqualitäten von Hans.
Seine maximale Schussgeschwindigkeit betrug etwa 150 km/h. Seine Schussgenauigkeit war ebenfalls extrem. Er verwandelte Freistöße in der Nähe des Strafraumes häufig direkt. Gelegentlich gelang es ihm sogar einen Eckball direkt zu verwandeln.
Er lag also hier eindeutig bei den besten Fußballern der Welt.

Professor José Soares from the sports faculty at the University of Porto checked this and came to a clear conclusion that this speed is possible with optimal technique.

Now we have a comparison and describe Hans' shooting skills.

His maximum shooting speed was about 150 km/h. His shooting accuracy was also extreme. He often converted free kicks near the penalty area directly. Occasionally he even managed to convert a corner kick directly.

So he was clearly among the best footballers in the world here.

2. Dribbeln, Passen und Finten

Doch wie sah es bei Hans beim Dribbeln, Passen und Finten aus. Hans war in diesen Punkten tatsächlich mit Maradona und Messi vergleichbar. Seine Passgenauigkeit lag bei 98 Prozent, er hatte eine extrem enge Ballführung und ein großes Repertoire an Finten.

2. Dribbling, passing and feinting

But what about Hans when it came to dribbling, passing and feinting? Hans was actually comparable to Maradona and Messi in these areas. His passing accuracy was 98 percent, he had extremely close ball control and a large repertoire of feints.

3. Schnellkraft, Sprintbeschleunigung, Grundschnelligkeit, Sprungkraft usw. / 4. Kopfballstärke

Wie sah es hier bei Hans aus?
Schauen wir uns die schnellsten Fußballer genauer an, und betrachten hierbei zunächst die Grundschnelligkeit.

10. Sergio Ramos: 30,6 km/h

9. Franck Ribery: 30,7 km/h

8 Wayne Rooney: 31,2 km/h

7. Lionel Messi: 32,5 km/h

6. Theo Walcott: 32,7 km/h

5. Cristiano Ronaldo: 33,6 km/h

4. Aaron Lennon: 33,8 km/h

3. Antonia Valencia: 35, 1 km/h

2. Jürgen Damm: 35,2 km/h

1. Den Waliser Gareth Bale mit 36,9 km/h (!) und Arjen Robben mit 37,0 km/h (!) wollen wir auf den ersten Platz setzen.

3. Explosive strength, sprint acceleration, basic speed, jumping power, etc. / 4. Heading strength

What was it like for Hans here?

Let's take a closer look at the fastest footballers, and first look at basic speed.

10. Sergio Ramos: 30.6 km/h

9. Franck Ribery: 30.7 km/h

8 Wayne Rooney: 31.2 km/h

7. Lionel Messi: 32.5 km/h

6. Theo Walcott: 32.7 km/h

5. Cristiano Ronaldo: 33.6 km/h

4. Aaron Lennon: 33.8 km/h

3. Antonia Valencia: 35.1 km/h

2. Jürgen Damm: 35.2 km/h

1. We want to put the Welshman Gareth Bale with 36.9 km/h (!) and Arjen Robben with 37.0 km/h (!) in first place.

Diese Reihenfolge kann sich jederzeit ändern, und entspricht dem Stand von März 2020.
Doch was bedeuten diese Zahlen genauer im Vergleich zu Usain Bolt, der eine Höchstgeschwindigkeit von über 45 km/h laufen kann bzw. konnte. Zwischen 37 und 45 km/h ist ja noch ein riesiger Unterschied. Dies wird aber dadurch relativiert, dass auf dem Rasenplatz und oft auch durch krumme Laufwege keine optimalen Sprintbedingungen gegeben sind. Weiterhin sind Fußballschuhe auch zu schwer für die optimale Geschwindigkeit. D.h. unter perfekten Bedingungen mit Nagelschuhen (Spikes) würde Robben vermutlich 39 km/h erreichen, fast ein Spitzensprinter.

Wie schnell kann Arjen Robben nun in etwa die 100 Meter laufen, und zwar auf Tartan und mit Spikes bei optimalen Temperaturen und erlaubtem Rückenwind?

Dies können wir leicht errechnen mit den nötigen Vorkenntnissen. 39 km/h entspricht 10,83 Meter pro Sekunde. Das wiederum bedeutet eine Zeit über 100 Meter von 9,23 Sekunden bei gleichbleibender Geschwindichkeit. Nun müssen wir aber noch 1,2 Sekunden für die Beschleunigungsphase und Sprintausdauer einrechnen (39 km/h kann nicht nach der Beschleunigung permanent gehalten werden). So kommen wir auf eine 100 Meter Zeit von 10,43 Sekunden. Nach einem Exkurs werden wir die Beweise finden, dass dieses tatsächlich der Wahrheit entspricht, obwohl es unglaublich klingt. Die schnellsten Fußballer der Welt sind fast genau so schnell wie die besten deutschen Sprinter, es fehlen nur ein bis zwei Zehntel, als ein bis zwei Meter etwa.

This order can change at any time and corresponds to the status as of March 2020.
But what do these numbers mean in comparison to Usain Bolt, who can or could run a top speed of over 45 km/h? There is a huge difference between 37 and 45 km/h. However, this is put into perspective by the fact that the grass pitch and often the crooked running paths do not provide optimal sprinting conditions. Furthermore, football boots are too heavy for optimal speed. This means that under perfect conditions with spiked shoes, Robben would probably reach 39 km/h, almost a top sprinter.

How fast can Arjen Robben run the 100 meters, in tartan and with spikes, in optimal temperatures and with a permitted tailwind?

We can easily calculate this with the necessary prior knowledge. 39 km/h corresponds to 10.83 meters per second. This in turn means a time of 9.23 seconds over 100 meters at a constant speed. Now we have to add 1.2 seconds for the acceleration phase and sprint endurance (39 km/h cannot be maintained permanently after acceleration). This gives us a 100 meter time of 10.43 seconds. After a digression we will find evidence that this is actually true, although it sounds unbelievable. The fastest footballers in the world are almost as fast as the best German sprinters, only one or two tenths short, or one or two meters.

Welche Fähigkeiten in Bezug auf Schnellkraft, Sprintbeschleunigung, Grundschnelligkeit, Sprungkraft und Kopfballstärke besaß Hans nun?

Hans lief die 100 Meter handgestoppt regelmäßig zwischen 10,50 und 10,80 Sekunden auf einer Tartanbahn und mit Nagelschuhen.
Er zählte also auch zu den schnellsten Fußballern der Welt.
Hans hatte eine extreme Sprintbeschleunigung auf den ersten 10 bis 30 Metern, besaß eine enorme Sprungkraft und Kopfballstärke wie Cristiano Ronaldo.

What skills did Hans have in terms of explosive power, sprint acceleration, basic speed, jumping power and heading ability?

Hans regularly ran the 100 meters hand-timed between 10.50 and 10.80 seconds on a tartan track and with spiked shoes. He was therefore also one of the fastest footballers in the world.
Hans had extreme sprint acceleration in the first 10 to 30 meters, had enormous jumping power and heading ability like Cristiano Ronaldo.

5. Fußballspezifische Ausdauer

Natürlich hatte Hans auch eine hervorragende spezifische Muskelausdauer
Er ging lange und schnelle Laufwege wiederholt und ohne Probleme.
Schnelle Erholungsphasen während einer Partie mit Laufwegen von 10 bis 12 Kilometer waren für ihn an der Tagesordnung.
Beim Cooper-Test lief er in 12 Minuten 3600 bis 3700 Meter.

Auch eine hohe Spielintelligenz und Spielübericht hatte Hans in der Jugend aufgebaut, und auch in keinster Form verletzungsanfällig.
Seine körperliche Robustheit, Immunsystem, Resilienz und Führungsqualitäten waren ebenfalls fast einzigartig.

Als Hans am 2.7.2010 zum ersten Mal für den HSV auflief, war er also tatsächlich der beste Fußballer der Welt. Dies war aber erst rein punktuell, und somit nicht offiziell messbar.
Er hatte noch keine Spiele oder Tore in der Bundesliga oder sogar im internationalen Spitzen-Fußball erzielt.

5. Football-specific endurance

Of course, Hans also had excellent specific muscle endurance

He ran long and fast distances repeatedly and without problems.

Fast recovery phases during a game with distances of 10 to 12 kilometers were the order of the day for him.

In the Cooper test, he ran 3600 to 3700 meters in 12 minutes.

Hans had also developed a high level of game intelligence and game report in his youth, and was not at all prone to injury.

His physical robustness, immune system, resilience and leadership qualities were also almost unique.

When Hans played for HSV for the first time on July 2, 2010, he was actually the best footballer in the world. However, this was only a one-off event and therefore not officially measurable.

He had not yet played or scored any goals in the Bundesliga or even in international top-level football.

Hamburger SV gegen Inter Mailand vom 2.7.2010

Die Partie im internationalen Vergleich wurde um 20..00 Uhr im Hamburger Stadion angepfiffen. Es war das erste Spiel als Profi-Fußballer für Hans. Er war von der ersten Minute an dabei.
Sein Profi-Debut fand nicht in der Bundesliga statt, sondern direkt mit einem internationalen Spitzenspiel.
Hans war der Mann des Tages, wir befinden uns bereits in der 85. Spielminute, Spielstand 5:1 für den HSV.
Hans erzielte davon vier Treffer für seine Mannschaft. Alle Treffer waren mehr als sehenswert, eine direkt verwandelte Ecke, ein verwandelter direkter Freistoß aus knapp 30 Metern Entfernung, ein schönes Kopfballtor und ein Volleyschuss in Form eines Seitfallziehers aus etwa 15 Metern Torentfernung.
Jetzt schaute die ganze Fußballwelt auf Hans. Er selbst träumte plötzlich von der Fußballnationalmannschaft, und sah sich schon bei einem ganz großen Verein wie FC Bayern München oder Real Madrid.
So leicht hatte er sich dieses Spiel nicht vorgestellt.
Doch da passierte es, einen Riesensauerei, eine ungeöffnete 500ml Dose Bier traf Hans im Bereich der unteren Wirbelsäule. Sie wurde aus dem oberen Stadionbereich geworfen, und hatte im langen "Sinkflug" viel Energie aufnehmen können.
Experten berechneten die Geschossenergie, die auf den Lendenwirbel von Hans auftraf.
Die Dose hatte ein Gesamtgewicht von 517 Gramm, und traf Hans mit einer Geschwindigkeit von 30 m/s.
Die Formel zur Energieberechnung lautet hier 0,5 mal

Hamburger SV against Inter Milan on July 2nd, 2010

The international match kicked off at 8:00 p.m. in the Hamburg stadium. It was Hans' first game as a professional footballer. He was there from the first minute.
His professional debut was not in the Bundesliga, but directly in a top international match.
Hans was the man of the day, we are already in the 85th minute of the game, the score is 5:1 for HSV.
Hans scored four of these goals for his team. All of the goals were more than worth seeing, a corner that was converted directly, a direct free kick that was converted from just under 30 meters away, a beautiful header goal and a volley shot in the form of a scissor-kick from around 15 meters away from the goal.
Now the whole football world was looking at Hans. He himself suddenly dreamed of playing for the national football team and saw himself at a really big club like FC Bayern Munich or Real Madrid.
He hadn't imagined this game would be so easy. But then it happened, a huge mess, an unopened 500ml can of beer hit Hans in the lower spine area. It was thrown from the upper part of the stadium and had absorbed a lot of energy in its long "descent".
Experts calculated the projectile energy that hit Hans' lumbar vertebrae.
The can had a total weight of 517 grams and hit Hans at a speed of 30 m/s.
The formula for calculating the energy here is 0.5 times

Gewicht in Kilogramm mal Geschwindigkeit zum Quadrat.

$$0{,}5 \times 0{,}517\text{kg} \times 900\text{m}^2/\text{s}^2 = 232.65 \text{ Joule}$$

Das entspricht der Geschossenergie einer kleinkalibrigen Pistole oder etwa der 30fachen Energiemenge eines Luftgewehrs, welches Sie ohne Waffenschein zu Hause aufbewahren dürfen, eine eventuell tödliche Geschossenergie traf also unseren Hans.
Nach dem üblen Treffer brach Hans sofort auf dem Rasenplatz zusammen, er wurde natürlich mit einer Liege vom Platz getragen und sofort ins Krankenhaus gebracht.

Die Diagnose im Krankenhaus war verheerend:

Hans hatte einen komplizierten Wirbelbruch mit verschobenen Bruchkanten und Splittern, der Wirbelkanal war stark beschädigt.

Hans wurde sofort operiert, man wollte ihn vor einer Querschnittslähmung bewahren.
Nach einer mehrstündigen Operation war er außer Gefahr.
Allerdings hatten die Mediziner ein Problem, sie mussten Hans mitteilen, dass er niemals wieder Fußballspielen darf.
Sie waren auf heftige Reaktionen seinerseits gefasst.
Als sie um sein Bett herumstanden, und endlich ein Arzt ihm die ganze Geschichte mitteilte, kam die erstaunliche Reaktion von Hans. Er lächelte fröhlich und sagte:" Ich hätte querschnittsgelähmt sein können, aber sie haben mich gerettet, ich bin wahrlich ein Hans im Glück."

Weight in kilograms times speed squared.

$0.5 \times 0.517kg \times 900m^2/s^2 = 232.65$ joules

This corresponds to the projectile energy of a small-caliber pistol or about 30 times the energy of an air rifle, which you can keep at home without a gun license, so a potentially fatal projectile energy hit our Hans.

After the nasty hit, Hans immediately collapsed on the grass pitch. He was of course carried off the pitch on a stretcher and immediately taken to hospital.

The diagnosis in hospital was devastating:

Hans had a complicated vertebral fracture with displaced fracture edges and splinters, the spinal canal was badly damaged.

Hans was operated on immediately, they wanted to save him from paraplegia.
After an operation lasting several hours, he was out of danger.
The doctors had a problem, however, they had to tell Hans that he would never be allowed to play football again.
They were prepared for a violent reaction from him. As they stood around his bed and a doctor finally told him the whole story, Hans had an amazing reaction. He smiled happily and said: "I could have been paraplegic, but you saved me, I am truly a luck

Altonaer Volkspark in Hamburg

Nach dem mehrwöchigen Krankenhausaufenthalt und einer mehrmonatigen Rekonvaleszenzzeit ging Hans allein im Altonaer Volkspark spazieren.
Er träumte von einer neuen Prime Time im Fußball. Zunächst müsse er sich wieder mit bestimmten Kraftübungen und speziellem Herzkreislauftraining fit machen, um dann später mit dem Balltraining beginnen zu können. Er verdrängte, dass extremes Training, falsche Bewegungen oder später auch Zusammenstöße mit Gegenspielern zu einer Querschnittslähmung führen könnten.
Just in diesem Moment stieß Hans ganz leicht mit einer jungen Frau zusammen. Beide waren so vertieft in ihren Gedanken, dass sie ihr gegenüber vollkommen übersahen.
Beide erschraken sich und entschuldigten sich absolut gleichzeitig, so dass sie auch zeitgleich lachen mussten.
Da war er wieder der Hans im Glück, seine Fußballgedanken schwanden augenblicklich und er sah nur noch das schöne Gesicht einer jungen Frau.
Die junge Frau erblickte die attraktive Gestalt eines jungen Mannes, dessen Höflichkeit und Freundlichkeit im förmlich im Gesicht standen.
Für beide war es Liebe auf den ersten Blick. Den Namen der jungen Frau möchte ich Ihnen nicht vorenthalten. Die 19jährige Inga und der 19jährige Hans hatten sich gefunden.
Es war genau am 1.2.2011 um 10.23 Uhr im Altonaer Volkspark in Hamburg.
Sie gingen nach ihrem leichten Zusammenstoß im Park spazieren, und wussten sofort, dass eine große Liebe entstehen

Altonaer Volkspark in Hamburg

After several weeks in hospital and several months of convalescence, Hans went for a walk alone in Altonaer Volkspark.

He dreamed of a new prime time in football. First he had to get fit again with certain strength exercises and special cardiovascular training so that he could then start ball training later. He repressed the fact that extreme training, incorrect movements or later collisions with opponents could lead to paraplegia.

At that very moment, Hans bumped into a young woman. Both were so engrossed in their thoughts that they completely overlooked the person opposite them.

They were both startled and apologized at exactly the same time, so that they had to laugh at the same time.

There he was again Hans in luck, his thoughts about football vanished instantly and he only saw the beautiful face of a young woman.

The young woman saw the attractive figure of a young man whose politeness and friendliness were literally written all over his face. For both of them, it was love at first sight. I don't want to withhold the young woman's name from you.

19-year-old Inga and 19-year-old Hans had found each other.

It was exactly on February 1, 2011 at 10:23 a.m. in the Altonaer Volkspark in Hamburg.

After their slight collision, they went for a walk in the park and knew immediately that a great love was about to develop.

würde.
So wurden die beiden ein glückliches Paar.
Inga wohnte mit ihren Eltren im schönen Stadtteil Bahrenfeld von Hamburg. Hier hatten sie auch den Firmensitz eines kleinen Unternehmens.
All das lag, wie oben schon erwähnt, im begrünten Wohnviertel Bahrenfelds, welches sich rund um den Altonaer Volkspark erstreckt, eine weitläufige Grünfläche mit schönen Blumengärten. Große Konzerte spielen sich in der Barclaycard Arena ab, während im Volksparkstadion die Fußballspiele, des alten Vereins von Hans, des Hamburger SV ausgetragen werden. Aber Hans vermisste den Fußball nicht mehr. Jetzt war alles viel schöner, und er war glücklich.
Bald arbeitete er in der Firma von Ingas Vater, er bekam ein gutes Gehalt, und wohnte mit Inga zusammen in der Villa derer Eltern.
So vergingen etwa zweieinhalb Jahre, und Hans und Inga beschlossen zu heiraten. Sie wollten eine kleine Familie gründen.
Die Hochzeit fand am 30.7.2013 statt. Morgens war die standesamtliche Trauung, abends war die große Feier. Hunderte von Gästen trafen sich in der Villa ein, darunter auch viele ehemalige Fußballkollegen aus Dresden und des Hamburger SV. Die Eltern und Brüder von Hans fehlten natürlich auch nicht. Die Feier ging bis spät in die Nacht, es folgte die Hochzeitsnacht und das späte Frühstück unseres Hochzeitspaares. Beide waren verkatert, aber glücklich und verliebt wie am ersten Tag ihrer Begegnung im Park.
Doch nach dem Frühstück fasste Hans eine Entscheidung, die er besser gelassen hätte.

would.
And so the two became a happy couple.
Inga lived with her parents in the beautiful Bahrenfeld district of Hamburg. Here they also had the headquarters of a small company.
All of this was, as mentioned above, in the green residential area of Bahrenfeld, which extends around the Altonaer Volkspark, a spacious green area with beautiful flower gardens. Big concerts take place in the Barclaycard Arena, while the football matches of Hans' old club, Hamburger SV, are played in the Volksparkstadion. But Hans no longer missed football. Now everything was much nicer and he was happy.
He was soon working in Inga's father's company, he got a good salary, and lived with Inga in her parents' villa.
About two and a half years passed and Hans and Inga decided to get married. They wanted to start a small family.
The wedding took place on July 30, 2013. The civil ceremony was in the morning, and the big celebration was in the evening. Hundreds of guests gathered at the villa, including many former football colleagues from Dresden and Hamburger SV. Hans' parents and brothers were also there, of course. The celebration went on until late at night, followed by the wedding night and the late breakfast of our newlyweds.
Both were hungover, but happy and in love, just like on the first day they met in the park.

But after breakfast, Hans made a decision that he would have been better off not mak

So fuhr er etwa gegen 11.00 Uhr morgens mit dem Fahrrad durch Bahrenfeld. Er brauchte etwas Sauerstoff gegen seinen Kater. So radelte er müde, verkatert und mit sehr viel Restalkohol, aber vollkommen glücklich.

Doch dann geschah es, einen kurzen Moment passte er nicht auf. Er nahm einem Autofahrer die Vorfahrt. Dieser hatte noch nicht einmal die Zeit zu bremsen, und erwischte unseren armen Hans voll. Er flog mehrere Meter durch die Luft, und landete hart auf dem Asphalt. Mehrere Passanten waren Zeugen des Vorfalls, und wählten fast gleichzeitig den Notruf. Der Fahrer leistete erste Hilfe, legte seine zusammengerollte Jacke unter den Kopf von Hans und hielt seine Beine hoch. Er wollte einen Blutmangel im Gehirn des Verkehrsopfers vermeiden, ausgelöst durch den Schock.

Hans, edel wie er nun einmal war, versicherte dem Unglücksfahrer dessen Unschuld, und nahm jede Verantwortung auf seine Kappe.

Während der Fahrer die Beine von Hans hielt, und auf den Rettungswagen wartete, war Hans vollkommen in seinen Gedanken untergetaucht.

Er dachte, welches Glück er doch habe. Kurzzeitig war er der beste Fußballer der Welt, dann konnte er dieses Glück noch einmal vergrößern. Er tauschte die Fußballkarriere gegen die beste und schönste Frau der Welt ein.

Und nun starb er ohne jegliche Schmerzen nach seiner Hochzeit, Hochzeitsfeier und Hochzeitsnacht.

Er hatte das Glück am schönsten Tag seines Lebens zu sterben. Er spürte, wie das Leben aus seinem Körper in die Bauchhöhle floss. Der schnelle Blutverlust würde ihm keine Zeit geben, Schmerzen zu haben.

So at around 11:00 a.m. he was cycling through Bahrenfeld. He needed some oxygen to cure his hangover. So he cycled tired, hungover and with a lot of alcohol left in his system, but completely happy. But then it happened, for a brief moment he wasn't paying attention. He cut off a car driver. The driver didn't even have time to brake and hit our poor Hans. He flew several meters through the air and landed hard on the asphalt. Several passers-by witnessed the incident and called the emergency services almost simultaneously. The driver administered first aid, put his rolled-up jacket under Hans' head and held his legs up. He wanted to avoid a lack of blood in the brain of the traffic victim caused by the shock. Hans, noble as he was, assured the unfortunate driver of his innocence and took all responsibility on himself. While the driver held Hans' legs and waited for the ambulance, Hans was completely lost in his thoughts. He thought how lucky he was. For a short time he was the best footballer in the world, then he was able to increase his luck even further. He traded his football career for the best and most beautiful woman in the world.

And now he died without any pain after his wedding, wedding reception and wedding night.

He was lucky to die on the best day of his life. He felt the life flowing out of his body into his abdominal cavity. The rapid loss of blood would give him no time to feel pain.

Auf einmal wurde Hans ganz schnell müde. Um ihn herum wurde alles schwarz, er war mit seinen Gedanken allein. Er konnte nichts anderes mehr wahrnehmen. Dann flattterten selbst die Gedanken, und schließlich wurde aus dem Schwarz und den flimmernden Gedanken, ein Nichts.

Suddenly Hans got tired very quickly. Everything around him went black, he was alone with his thoughts. He could no longer perceive anything else. Then even his thoughts fluttered, and finally the black and the flickering thoughts became nothing.

Die Beerdigung

Nun stand sie dort an seinem Grab, die liebe Inga. Um sie herum waren Hunderte von Trauergästen. Nahm sie doch Abschied von ihrem liebsten Hans. Doch wollen wir Szene etwas genauer anschauen, was hielt sie dort in ihrer Hand, und warf sie in sein Grab. Es waren drei rote Rosen, aneinandergebunden und mit unterschiedlicher Blumenstiellänge.
Eine Rose war lang, die andere etwas kürzer, die dritte Rose war sehr klein.
Während Inga sich von Hans an dessen Grab verabschiedete, strich sie immer wieder über ihren Bauch, und flüstere ihrem Hans im Glück etwas zu.

The funeral

Now she was standing there at his grave, dear Inga. There were hundreds of mourners around her. She was saying goodbye to her beloved Hans. But let's take a closer look at the scene, what was she holding in her hand and throwing into his grave? There were three red roses, tied together and with different stem lengths.

One rose was long, the other a little shorter, the third rose was very small.

While Inga was saying goodbye to Hans at his grave, she kept stroking her belly and whispering something to her happy Hans.